MANARA

Der Duft des Unsichtbaren 2

EDITION EROTIK

EDITION EROTIK

1. Auflage 1996
Alle deutschen Rechte bei
Verlag Schreiber & Leser – Sendlinger Str. 56 – 80331 München

ISBN 3-929497-64-6

Titel der Originalausgabe: Le parfum de l'invisible
Lettering: J. Gillingham

Printed in Slovenia through SAF World Services B.V.

Hab ich Sie endlich!
A-aber, liebes Fräulein, was ist denn?

Hören Sie gut zu, Sie alberner Professor: das einzige, was mich interessiert, ist Lösegeld. Viel Lösegeld. Ein Sack voll Lösegeld. Dafür bin ich zu allem fähig, verstehen Sie? Zu allem!

Wenn das so ist, sollten Sie mich losbinden und sich einen anderen suchen. Ich bin bloß ein armer Forscher ohne Sponsoren.

O, ich weiß, wer Sie sind, Professor. Sie haben das Mittel erfunden, mit dem man unsichtbar wird...
Aber dieses kleine Geheimnis bleibt unter uns. Ich sag's nicht weiter, das schwöre ich.

Das ist absurd! Kein Mensch kann unsichtbar werden.

Ich weiß nicht, was Sie meinen, aber das muß ein Irrtum sein...

Unsichtbarkeit ist absolut unmöglich, physikalisch...

... und chemisch... W-was machen Sie denn da?!

Also bitte... Das geht zu weit... Wirklich...

Machen Sie mich sofort los!.. Sie können doch nicht...

S-sind Sie wahnsinnig?.. O Himmel... Himmel...

Lassen Sie das!.. Nein!.. Nicht...

Sie wollen also nicht vernünftig sein. Aber ich gebe nicht auf. Ich will unsichtbar werden!
Aber ich... ich... ich...

Und dann werde ich reich! Reich! Ich schmeiße mit Geld nur so um mich!

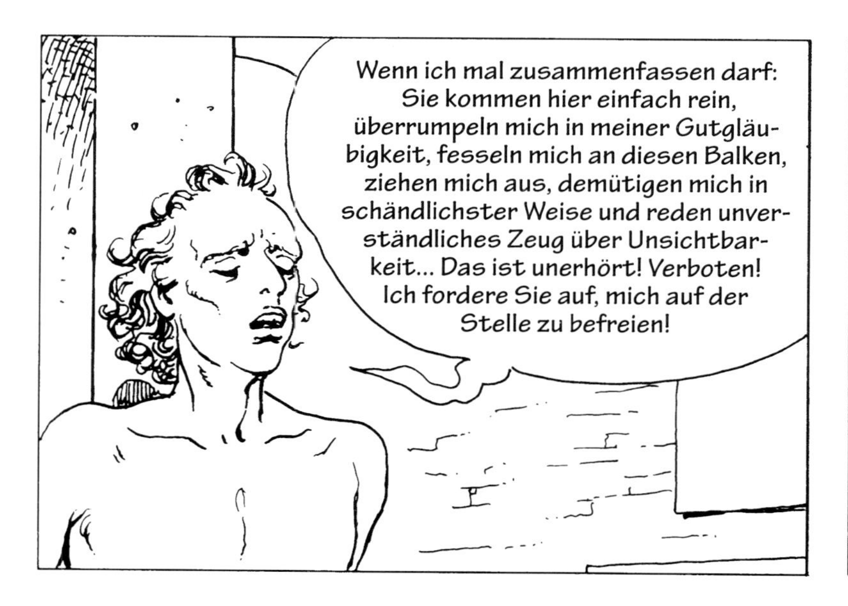
Wenn ich mal zusammenfassen darf: Sie kommen hier einfach rein, überrumpeln mich in meiner Gutgläubigkeit, fesseln mich an diesen Balken, ziehen mich aus, demütigen mich in schändlichster Weise und reden unverständliches Zeug über Unsichtbarkeit... Das ist unerhört! Verboten! Ich fordere Sie auf, mich auf der Stelle zu befreien!

Wenn's so schlimm ist, warum machen Sie sich nicht unsichtbar?!

Oder gefällt's Ihnen etwa doch?

Hören Sie auf mit diesem Spiel!.. W-was tun Sie da..?!

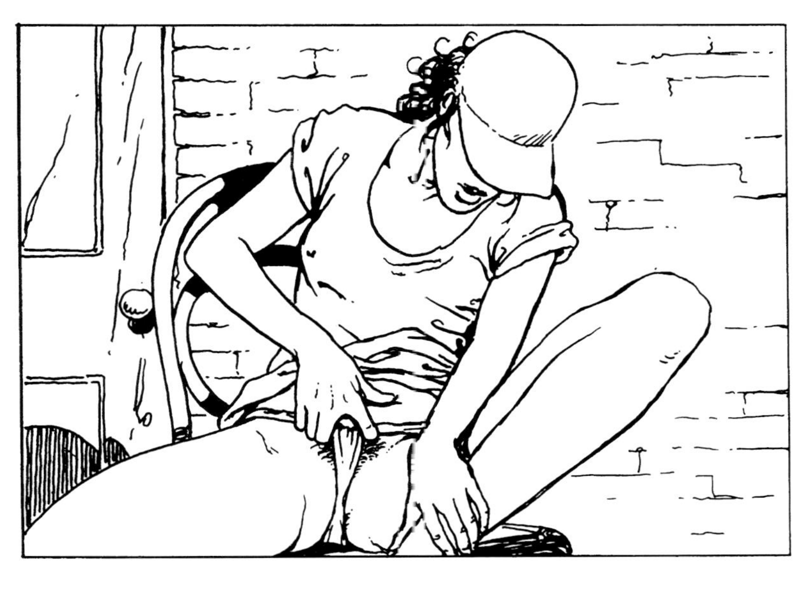

Nein, nein... Das verfängt bei mir nicht. Ich weiß nicht, was Sie vorhaben, aber... aber...

Kommen Sie nicht näher, bitte... Lassen Sie mich gehen... Lassen Sie mich gehen...

Ah!
Seien Sie mir nicht böse, Professor, aber ich muß Sie ein bißchen auf Touren bringen.

Aufhören! Ich bitte Sie...
Na bitte... Das wird ja.

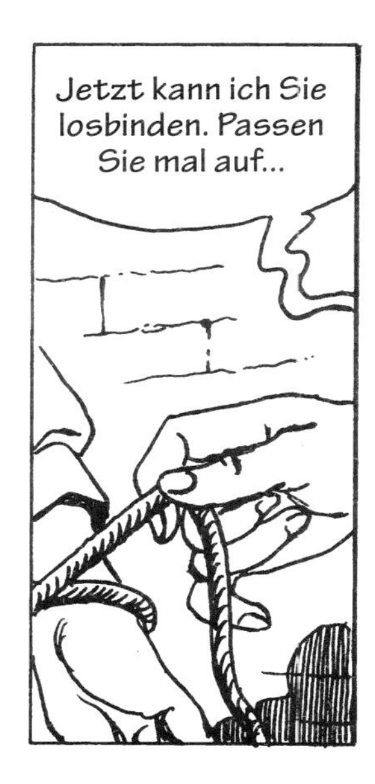
Jetzt kann ich Sie losbinden. Passen Sie mal auf...

Hilfe! Hilfe! Vergewaltigung!
A-aber... Nicht doch... Seien Sie still!

Dieses Schwein! Hilfe!
Tun Sie mir das nicht an.. Bitte...

Helfen Sie mir! Der Irre da drin will mich vergewaltigen!

Hier! Da... Da ist das Schwein...

Da drin! Da drin!
Mach auf, du Memme!
Laß, den mach ich fertig!

Nanu... Hier ist keiner.
Ja... Und weder Fenster noch Türen.

Tja, der Bursche muß abgehauen sein. Gehen Sie am besten zur Polizei. Aber ziehen Sie sich vorher was an.
Ja... Danke...

Aber wir beide, wir wissen, wo Sie sind, Professor!
Sie... Sie...!

Sie sind wirklich ein Biest.
Phh... Sie haben mich zu solchen harten Mitteln gezwungen. Ich wußte, daß Sie sich unsichtbar machen können.

Ja, aber ich wollte es nicht mehr tun. Das Geheimnis sollte mit mir ins Grab sinken. Bedenken Sie die schrecklichen Konsequenzen...
Aber Ihr Geheimnis raubt mir den Schlaf. Was soll ich da machen..!?

Seien Sie kein Frosch, Professorchen! Wir könnten die größten Banken der Welt ausrauben. Und keine Sorge, die Schwerarbeit übernehme ich.

Niemand wird unser Geheimnis entdecken. Aber eins möchte ich erst wissen...

... ob Sie noch an vorhin denken... Ah, da ist er ja..!

Kommen Sie, Professor, machen Sie mich unsichtbar!

Moment, ich reibe mir nur das Gesicht mit dieser Spezialtinktur ein, damit Sie mich sehen können. Dann bekommen Sie die Antwort.

So, da wären wir.

Wo haben Sie denn Ihre Haare gelassen?
Ich mußte sie abrasieren, weil meine Creme nicht auf Haare wirkt. Das gilt... äh, auch für Körperhaare.

Ich verstehe. Ich muß mich also erst rasieren.
Äh... Ich fürchte, ja... Der Rasierer liegt auf dem Tisch da.

Erst die Achseln...

... dann das andere. Das beißt fürchterlich...

... Aber wenn's sein muß. Bloß meine Kopfhaare behalte ich auf jeden Fall!

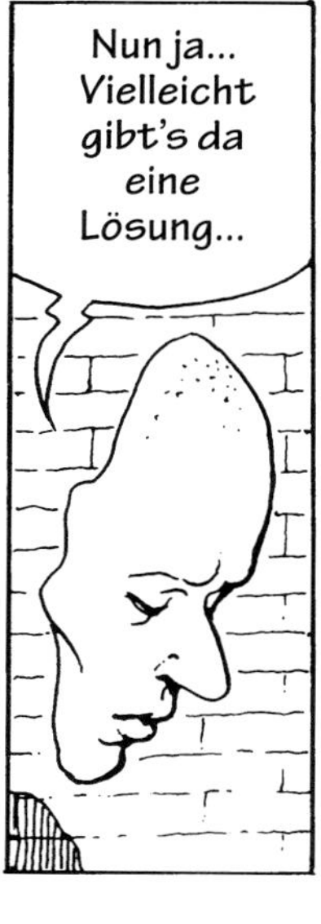
Nun ja... Vielleicht gibt's da eine Lösung...

Hier... Probieren Sie den amerikanischen Armeehelm.

Perfekt.

Gut. Jetzt steigen Sie in die Wanne und bedecken Sie sich mit Schaum. Überall!

Genau. Sie verschwinden schon langsam.
Wirklich wahr? Führen Sie mich auch nicht an?

Was sehen Sie von mir?
Nichts, bis auf die Haare. Sie selbst sehen sich natürlich noch, das ist normal. Für alle anderen sind Sie vollkommen unsichtbar.

Stecken Sie die Haare in die Lederhülle, die ich am Helm befestigt habe. Na, perfekt!
Schwören Sie, daß ich unsichtbar bin!
Aber ja doch. Ich habe sogar den Helm und die Hülle eingecremt. Nichts zu sehen.

Dann will ich das mal testen. Bis bald!
Du wirst dein blaues Wunder erleben, du freche Katze! Natürlich bist du keineswegs unsichtbar. Man wird dich verhaften und irgendwo einliefern. Meine Entdeckung dermaßen auszubeuten..!

TOOR!
Deswegen sind die Straßen so leer - ein Fußballspiel. Ich guck mal in eine Kneipe.

Hier pfeifen sie mir sonst immer hinterher. Ich muß wirklich unsichtbar sein.

Prima. Jetzt nehme ich mir den Kerl da vor.

Ich wedele ein bißchen mit dem Hintern.

Na..? Siehst du was?

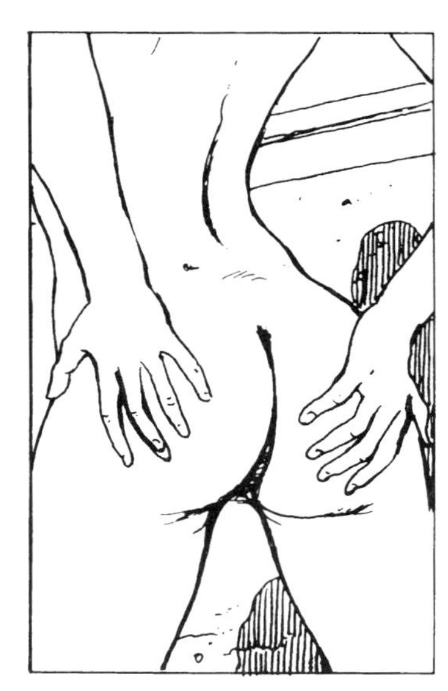

?
Sehr hübsch, junge Frau.

S-Sie sehen mich?
Und wie!

Ich bin blind und sehe mit den anderen Sinnen. Der Duft junger Mädchen ist unverkennbar, und junge Mädchen sind immer hübsch.

Meine Güte, und ich dachte schon... Na, dann tschüs!

Ah, mit dem fahre ich nach Haus.

Lauf, Pferd-chen, lauf!

Hee... Was hat dich denn gebissen, Albino? Was rennst du auf einmal so?!

Du ahnst ja nicht, was du verpaßt, Alter...

Da wären wir.

Das muß am Wein liegen. Mit der anderen Sorte habe ich weiße Mäuse gesehen, und mit dem hier sehe ich nackte Frauen. Der ist zwar teurer, aber das zahlt sich aus.

Juhuu, ich habe den Beweis, Professor! Ich bin **unsichtbar**!
Aha... Hat Sie wirklich niemand gesehen?

Es ist herrlich, Professor! Unbeschreiblich. Nackt auf der Straße herumzulaufen... alles mögliche anstellen können... Das ist irrsinnig aufregend!

Aber jetzt schlafe ich erst mal, und sobald die Banken aufmachen, geht's zur Sache.
Denken Sie immer nur an Geld? Das ist nicht gut... gar nicht gut.

Die Bank da nehme ich.
BANCA
BANCA

Nur das Gesicht noch eincremen. Mein Körper ist schon unsichtbar unterm Mantel.

Jetzt der Helm und der Lederstrumpf... So, erledigt.

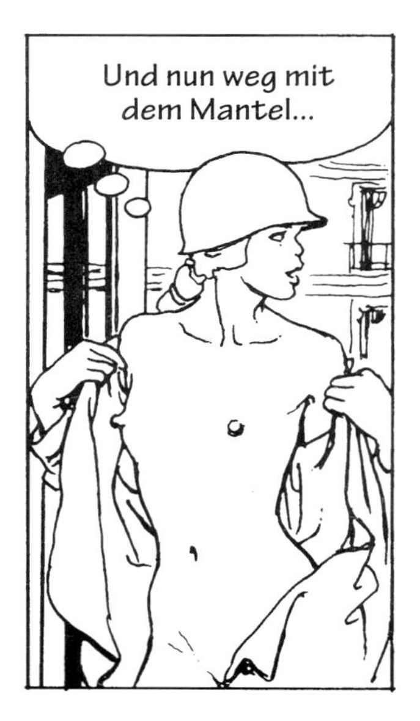
Und nun weg mit dem Mantel...

... und rein ins Vergnügen!

O nein... Hier ist ja schon ein Überfall...

He - guckt mal da!
Eine splitternackte Frau!

Verflixt, ihr seht mich? Ihr könnt mich sehen?!
Los, abhauen! Raus hier!

Fahr los! Das ging daneben!
Der Professor hat mich angeführt!

Fahr doch, Mann!
Halt! Stehenbleiben!

Gib Gas, Mensch!
Aber die Frau da...
Bleiben Sie stehen!

Selber stehen-
bleiben, Arsch!
Und du kommst erst
mal mit, Mädel.

Los, fahr zur
Strandpromenade!

Zu den Dünen, da
steige ich aus!

So, hier kannst du
anhalten.

Ihr bringt den Wagen
zurück. Ich habe was mit dem
Mädchen zu bereden.
Hee..!
Okay.

Also los... Wer bist du? Was wolltest
du nackend in der Bank? Wer ist
dieser Professor, von dem du
geredet hast? Raus damit!

Sei nicht blöd. So kommst du nicht weit!

Aber erst nehm ich dich vor...

Ich kriege dich! Und wenn du nicht redest, breche ich dir alle Knochen!

Soll ich erst wütend werden?

Laß mich los!
Ich will wissen, was hinter dieser Sache steckt!

Laß mich, du Schwein! Verbrecher!
Du willst mir Moralpredigten halten und läufst selber pudelnackt rum?!

Und außerdem hast du
dir die Möse rasiert,
du Nutte.

Ich weiß, wie man solche
wie dich behandelt.
Wer hat dich in die Bank
geschickt? Rede!
Au! Nicht so
brutal, du Idiot!

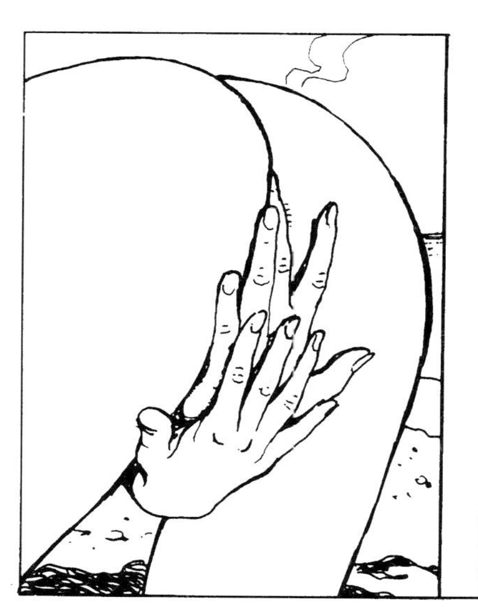

Brauchst gar nicht
schreien. Ich mach dich fertig, wenn du nicht redest!
Ah!

Ich bring
dich um!
Das geht
zu weit!

TOK!

TUMP

Keine Sorgen.
Ich bin's... Kommen Sie,
ich bringe Sie weg...
Schön, daß Sie mich
nicht verraten haben.

Armes Ding... So naiv und so mutig... Und ich weiß nicht mal, wie sie heißt...

Da hinten ist eine Hütte. Da verstecke ich dich und suche dir etwas zum Anziehen. Hörst du mich?

Waff! Waff!
Der Kerl muß sie auf den Kopf geschlagen haben... Hau ab, blöder Köter!

Kusch! Weg mit dir! Und hör auf, mich abzuschlecken!

Was war das..? Wer war das? Hier war keiner...

Hier ist die Hütte.
Ich glaub, ich spinne...

Jetzt bist du erst mal in Sicherheit.
Dabei bin ich stock-nüchtern...

Bin gleich wieder da. Ich hole nur ein paar Kleider, und dann verarzte ich dich.

Hau ab, dreckiger Köter!
Da spricht ein Mann... Ich höre seine Schritte... sehe seine Fußabdrücke... Aber ich sehe nichts... Hinterher!

O mein Kopf... Wo bin ich..? Was ist passiert?

Richtig... Der brutale Kerl, dieser Verbrecher... Er hat mich auf den Kopf gehauen... Ich bin ohnmächtig geworden...

Aber im Grunde ist der Professor schuld. Er hat mich in seine Waschwanne gesetzt und mir eingeredet, ich wär unsichtbar! Ich will ihn ja nicht verraten, aber das soll er mir büßen, der Schuft! Bestimmt hat er sich längst abgesetzt...

Widerlich, dieser Lappen, aber nackt kann ich nicht bleiben. Jetzt erst mal baden...

Ah, herrlich, das Meer...

Ich hole mir meine Rache, o ja! Blutige..!

Sobald ich trocken bin, pflücke ich mir den verflixten Professor.

Endlich, da kommt ein Auto.

Nehmen Sie mich mit in die Stadt?
Wohin du willst. Steig ein.

Bist wohl auf Abenteuer aus, kleine Wilde?
Ich möchte in die Stadt, sonst nichts.

Hast nicht mal 'nen Slip an. So eine bist du...
Das geht Sie nichts an! Hände weg, Ferkel!

Stell dich nicht an. Wer so rumläuft wie du, hat doch nur eins im Sinn...
Ich bin Tänzerin in einem Club, das ist meine Berufskleidung.

Wenn dich das erregt, dann schließ dich gefälligst auf dem Klo ein - aber ohne mich, verstanden?

Raus aus meinem Wagen!

Raus, sage ich! Ich bin keinTaxi. Lauf gefälligst zu Fuß!

Denkste, alter Fettsack!

Ein bißchen Musik...
... zum Schluß noch eine aktuelle Nachricht. Bei der Zeitschrift "Panorama" ging ein Fax ein mit der Drohung eines Un bekannten, er werde diverse Verbrechen begehen. Er werde sogar Ort und Datum ankündi gen. Die Redaktion des Wochen-blattes hält das Ganze für einen üblen Scherz...

... zumal die Unterschrift lautet: Der unsichtbare Mann. Allerdings sind in der Innenstadt mehrere Schaufensterscheiben zersprungen, wie angekündigt. "Panorama" wird alle Drohschreiben veröf-fentlichen und sie von einem Zeichner illustrieren lassen...
Der Schuft wagt sich also an die Öffentlichkeit!

Aber das soll dir schlecht bekommen, Professor! Meine Rache wird fürchterlich!

Auszug aus dem uns zugestellten Tagebuch des Unsichtbaren Mannes, illustriert von einem Comic-Zeichner. "Ich lauere in der Menge wie ein Wolf unter Schafen. Sie sind mir alle ausgeliefert. Ich genieße das erregende Gefühl totaler Macht..."

"Ich könnte die schändlichsten Geheimnisse der Menschen aufdecken. Kleine Gaunereien und Ungeheuerlichkeiten, Verbrechen, Intrigen, heimliche Gier, Betrug und Korruption..."

"Doch ich streife lieber durch die Straßen. Ich wähle mir ein Opfer, natürlich ein weibliches. Ich bleibe ihr auf den Fersen, folge ihr überall hin, ich berühre sie..."

"Ich kenne eine Bibliothekarin, die neuerdings in sehr kurzen Röcken geht und gern auf ihrer Leiter ein paar Stufen höher klettert als notwendig. Sie trägt noch knappere Unterwäsche als früher, und sie nimmt immer öfter die falschen Bücher aus dem Regal..."

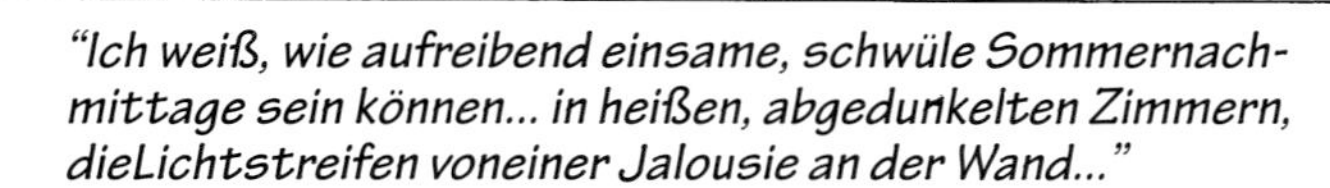

"Ich weiß, wie aufreibend einsame, schwüle Sommernachmittage sein können... in heißen, abgedunkelten Zimmern, dieLichtstreifen voneiner Jalousie an der Wand..."

"Ich kenne gewisse Praktiken, die mit bebenden Händen und angehaltenem Atem ausgeführt werden..."

"Oder die verhaltene Begierde während einer Klavierstunde in der stillen Wohnung, das gespannte Horchen auf die Schritte der Frau Mama nebenan, mit einem aufwühlenden Chopin als Komplizen..."

"Ich kenne den aufsässigen Blick einer kleinen Wildkatze, die an den Heizkörper gefesselt ist..."

"... Und die sich, kaum losgebunden, hemmungslos vor dem Spiegel räkelt und sich ihren Lüsten hingibt..."

"Niemand weiß so gut wie ich, was sich unter den Tischen in eleganten Restaurants abspielen kann..."

"Ich kenne anständige Bürger, die sich an halb öffentlichen Plätzen mit völlig Fremden ein schnelles Vergnügen nehmen, wobei derKitzel des Entdecktwerdens eine wesentliche Rolle spielt, und die dann zu ihren Familien ins traue Heim zurückkehren ..."

"Wie oft habe ich in dunklen Schlafzimmern die beklagenswerte Gleichgültigkeit von Ehemännern miterlebt, während ihre Frauen einsamen Leidenschaften frönten..."

"Ich sah den Mann, der nur zum Genuß kam, ind em er sich unterwarf, sich extremen Demütigungen durch seine Frau aussetzte..."

"Da war die junge Managerin, unerbittlich in Verhandlungen, die in ihrem Büro einen Greis und einen jungen Mann empfing..."

"...und schweigend ihren herrlichen Hintern entblößte, um sich unter dem kalten Blick des Alten peitschen zu lassen..."

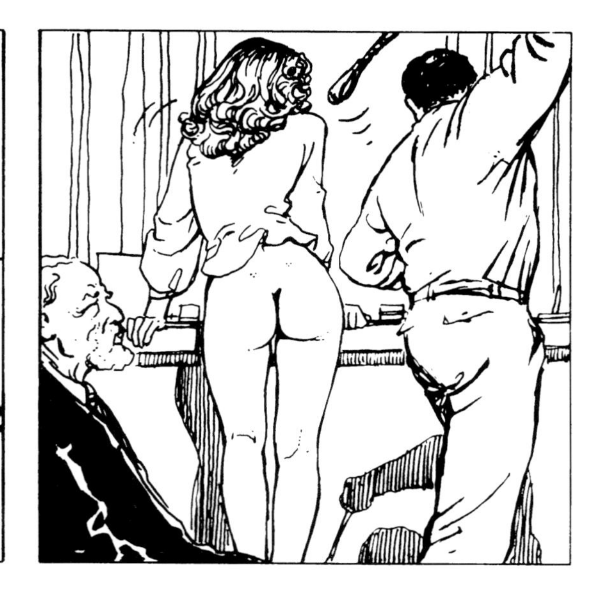

"Oder die brave kleine Angestellte..."

"... die sich in einer abgelegenen Villa vulgärsten Vergnügungen hingab..."

"Ich habe Dinge beobachtet, belauscht, die ich nicht wiedergeben kann. Doch jetzt will ich meine Macht benutzen, um den Gang der Geschichte zu beeinflussen. Heute abend trifft am Flughafen ein afrikanischer Staatschef ein, der weltweit als Symbol des Anti-Rassismus gilt. Sein Tod wird gewaltige internationale Unruhen auslösen. Und niemand wird die Katastrophe verhindern."

Der Unsichtbare

O doch, Professor. Du hast vergessen, daß ich dein Geheimnis kenne. Ich werde das Verbrechen verhindern!

So, das dürfte genügen: ein Flüssigreiniger und ein ordentlicher Baseball-Schläger. Und nun los.

Jetzt geht's dir an den Kragen, Professor!

Aha... Die Pazifisten-Gruppe will den Afrikaner empfangen...

Sieh an, was haben wir denn hier?
Verd...

Verdammt!

Wie schmeckt das?!
PÒNG
AU!

Jetzt wirst du gewaschen, Prof... Aber he! Das ist ja der Bankräuber!
Verflixtes Biest!

Aber dann ist der Professor... O nein! Schnell zum Labor!

Professor! Professor!
Hier bin ich!

Drei Tage lang hält der Kerl mich hier gefesselt... Ich sterbe vor Durst...

Danke... Sie haben mir das Leben gerettet... Jetzt gehen Sie aus dem Weg, ich muß alles zerstören... Meine Entdeckung hat schon zuviel Unheil angerichtet!
KRASC!

Einige Zeit später...

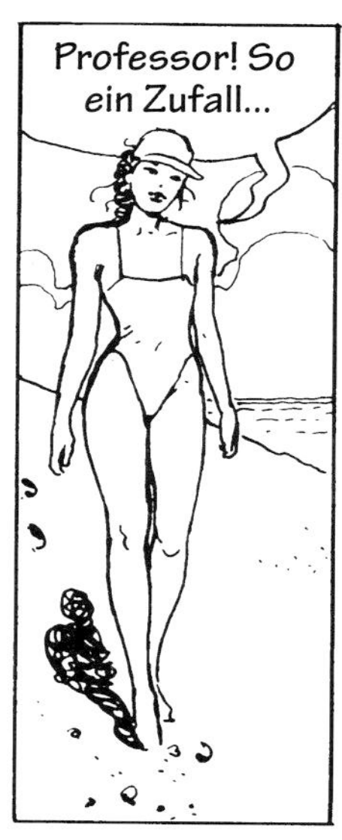
Professor! So ein Zufall...

Hallo. Was wollen Sie denn hier?
Ich habe hier etwas Seltsames erlebt... Und Sie?

Ich auch... Hier habe ich zum erstenmal jemanden niedergeschlagen...
Dann haben Sie mich also vor dem Gangster gerettet!

Der Champagner wird warm, Miss.

Wem gehört der Wagen?
Tja, Professor, ich bin reich... Sie haben zwar Ihr Labor zerstört...

... Aber der Gangster hatte einige Cremetöpfe gestohlen... Und die habe ich mir geholt. Nicht böse sein, Professor...

Mögen Sie Champagner?

Und im Auto ist noch Platz für Sie... falls Sie Lust auf ein bißchen Spaß haben...

Ach nein. Sie wissen doch, daß ich gar nicht damit einverstanden bin, wie Sie mit meiner Entdeckung umgehen. Unsichtbarkeit ist eine kostbare Gabe, die man nicht benutzen sollte, um sich persönlich zu bereichern.

Wie Sie wollen, Professor. Aber Sie verpassen was, das sage ich Ihnen.

Wenn Sie sich anders besinnen, finden Sie mich im "Croco-Dance". Da arbeite ich.

Vor dem Nachtclub...
Bar
CROCO-DANCE
Stop! Ich bin sicher, daß sie hier ist. Los, rein!.

Da ist sie,
da oben!
Die mit der
Mütze!

Hallo, kleines Miststück. Kennst du mich noch?

He, dich meine ich! Hörst du nicht?
Geh weiter. Du siehst doch, daß ich arbeite. Zieh Leine!

Komm runter. Wir haben uns eine Menge zu sagen.
Hau ab, sag ich!

Schluß mit dem Quatsch. Holt sie runter!

Wer ist denn die Ziege?
Ich bin dein Alptraum, Mädchen. Die Schere, Morgan!

Weg mit dem Fetzen. Ich will sie nackt.

Halt still, Puppe, sonst geht's ins Fleisch.
Spinnt ihr? Ich lasse euch alle rausschmeißen!
Zieht sie aus! Zieht sie aus!

Ich schätze, du hast hier nicht viel zu sagen.
Ihr Schweinehunde!

Der Slip muß auch weg, Morgan.
Nein! Laßt mich, verdammt!

Jetzt halt aber wirklich still, das kann ins Auge gehen.
Das sollt ihr bereuen!

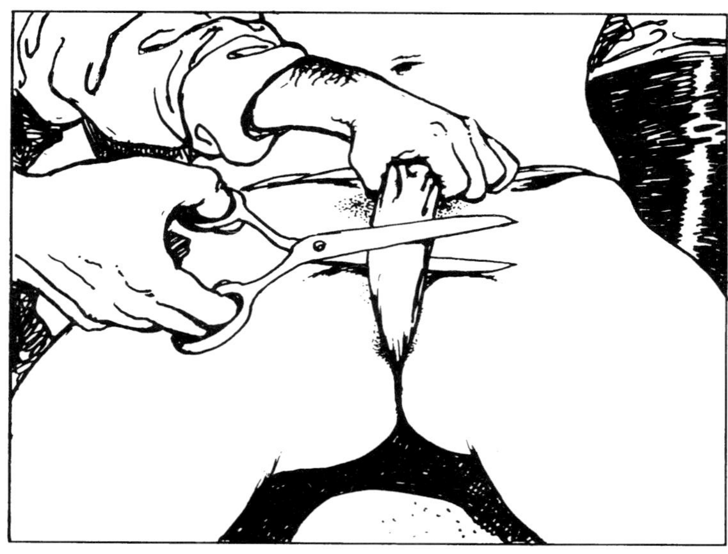

Ihr bildet euch ein, ihr könntet euch rächen. Aber wehe, wenn ich erst am Zug bin!

Im Moment sind wir's. Wo hast du die Creme, die unsichtbar macht?
Ha, das kriegt ihr nie raus!

Stellt sie hin, damit alle sie sehen können!
Laß mich los, du!
Hoch mit dir.

Ihr Schweine!
Wir? Du bist es doch, die nackt durch die Gegend läuft!

Nun red schon, Mädchen, sonst lasse ich dich öffentlich durchbumsen.
Also gut, ich sag's euch.
EXIT

Gebt mir meine Sachen, dann verrate ich euch alles.
Okay, warum nicht gleich so?

AH!!
EXIT

Hinterher, Jungs! Packt sie!
EXIT

Ich muß Zeit schinden... Bloß ein paar Minuten, damit ich mich unsichtbar machen kann...

Das ist die Dose mit der Creme. War eine gute Idee, sie in der Garderobe zu verstecken.

Da, ich hab sie! Kommt schnell!
So ein Mist...

He, wo bleibt ihr denn?!
Schrei nicht so, man hört dich ja!
Ich muß mir was einfallen - lassen, wie ich den Idioten loswerde...

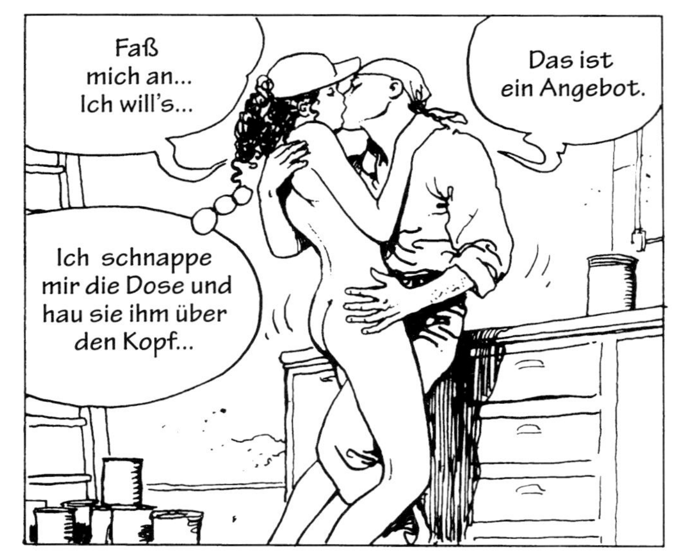
Faß mich an... Ich will's...
Das ist ein Angebot.
Ich schnappe mir die Dose und hau sie ihm über den Kopf...

Ja... Ja... Fester... Härter...
Aber du bist kein bißchen feucht!
Shit, die Dose fällt gleich runter..!

Du bist echt heiß, was?
Warte, gleich... Das geht ganz schnell bei mir...
... daß ich dir den Schädel einschlage!

Hör mal, ich will aber nicht bloßfummeln!
Nein, nein, du kriegst alles...
... wenn du einen Schritt zurückgehst!

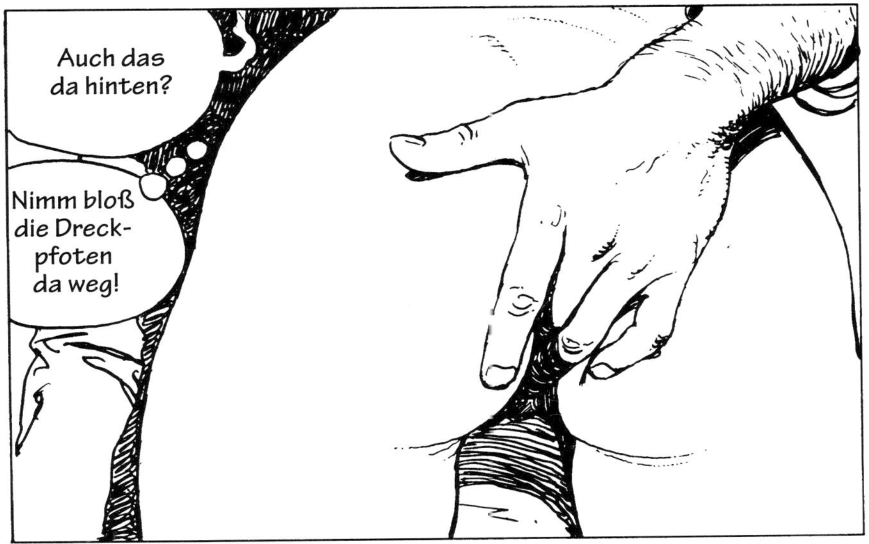
Auch das da hinten?
Nimm bloß die Dreckpfoten da weg!

Aber ja, aber ja... Du machst mich wahnsinnig...
... vor Ekel, du Schmutzfink. Mit was putzt du dir eigentlich die Zähne, mit Scheiße?

Scheiße, was ist denn hier los?!

O nein, jetzt habe ich zwei auf dem Hals!
Scheiße.
Komm ruhig, du darfst auch mal.

Ihr seid verrückt. Wenn Richie das mitkriegt, seid ihr dran!
Dein Freund traut sich aber mehr.
Vielleicht kriegen sie sich in die Haare...
Die Richie kann mich mal. Ich mach, was ich will!

Na, wer von euch hat den Größten?
Wenn das meine Mutter wüßte..! Aber was soll man machen...

He, hier ist ja was los..! Und ohne mich?
Das darf doch nicht wahr sein...

Himmel, was einem alles passieren kann...
Komm, Süßer, du hast gerade noch gefehlt...

Der geht aber ran... Er ist schon aus der Hose...
Macht ihr mal die Beine breit!

Ein Glück, er hat keinen Steifen...
Beweg dich! Mach mich geil, Puppe!

Rühr den Hintern, sonst wird das nichts... Und ihr starrt mich gefälligst nicht so an!

Diese Kerle... Kaum schnuppern sie eine Frau, ist alles aus. Ich sollte euch kastrieren lassen.

Jetzt mischt die auch noch mit..!

Fesselt sie und legt sie auf die Kommode. Wir haben die Creme gefunden!
Und du zieh dich an, du weiches Ei.

Schön brav sein. Wenn du so zappelst, tut es nur noch weher... Her mit dem Strick, Morgan!

Die Welt ist schlecht, und heute trifft's eben die Kleine.

Schade, daß wir aufhören mußten, als es spannend wurde.

Aber irgendwann machen wir weiter. Du hast's versprochen...
Laßt das und bringt sie her!

Zieht die Stricke gut fest, und dann cremen wir sie ein. Und Beeilung!

So, gleich verschwindest du von der Bildfläche!
Geh zur Hölle, dumme Kuh!

Ts, ts, so ungezogen? Dabei nehme ich einen ganz weichen Pinsel, der kitzelt bloß.

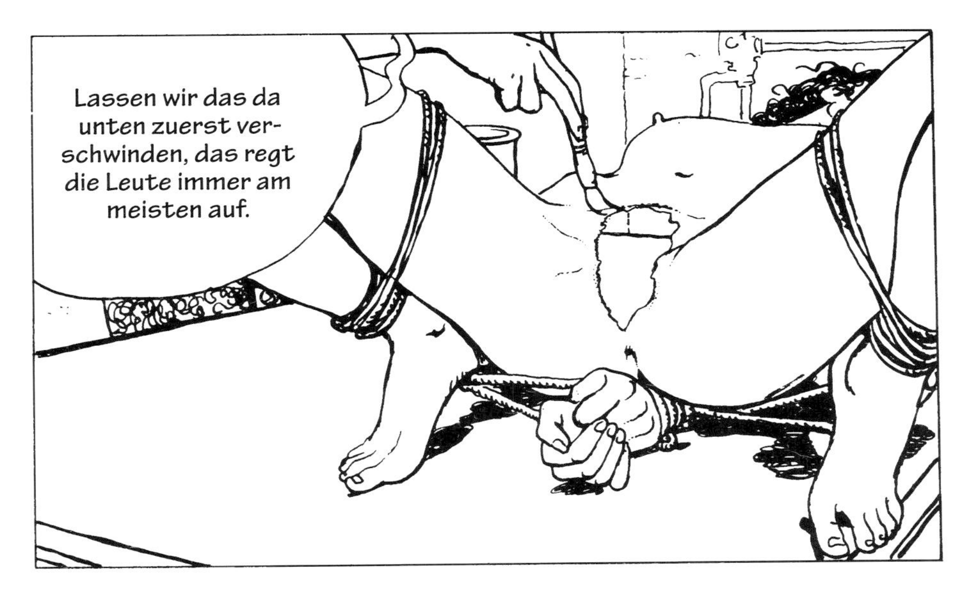
Lassen wir das da unten zuerst verschwinden, das regt die Leute immer am meisten auf.

Na, wie fühlt man sich ohne Muschi? Kommst du dir nicht ziemlich nackt vor?

Jetzt kann ich's dir ja sagen: ich habe etwas Wichtiges mit dir vor. Du wirst die Geschichte verändern.

Du freust dich gar nicht? Andere Frauen würden dich beneiden! Dreht sie auf den Bauch, ihr zwei!

Macht ihr jetzt weiter. Das kleine Biest muß schnell weg, gleich schlägt unsere Stunde X!

Schön. Setz du ihr die Lederkappe auf, Morgan.

Direkt Sünde, diesen Hintern wegzumachen.
Laß den Unsinn. Mach weiter!

Fertig. Sogar mit Signatur, hehe.
Blödmann!

Nimm den Pinsel raus. Du weißt doch, daß wir den Dynamitstab da reinstecken müssen. Knebele ihr den Mund!

Gut. Und jetzt macht noch den Rest unsichtbar.

Haltet sie fest.

Was, findest du das Loch auf einmal nicht mehr?

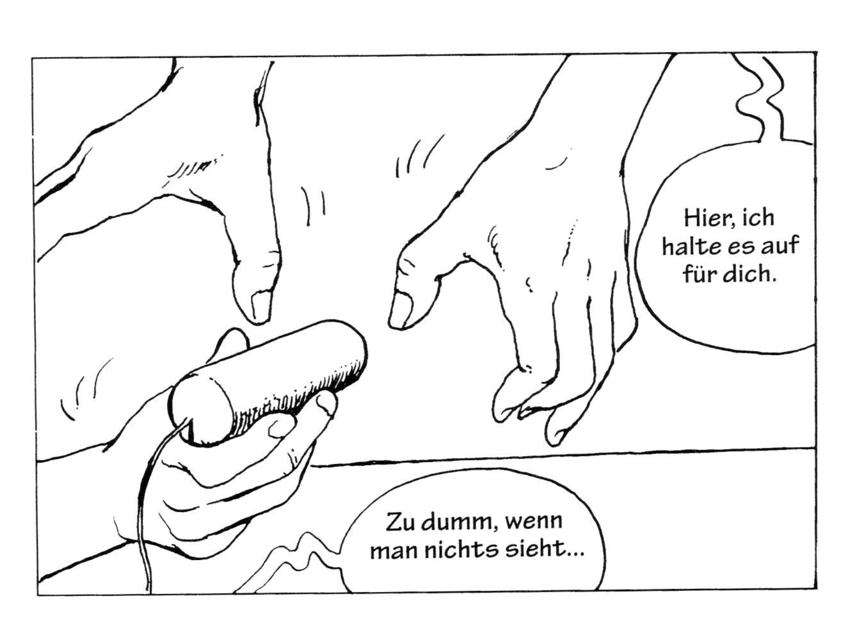
Hier, ich halte es auf für dich.
Zu dumm, wenn man nichts sieht...

Gib her, du Null. Ich mache es selbst.

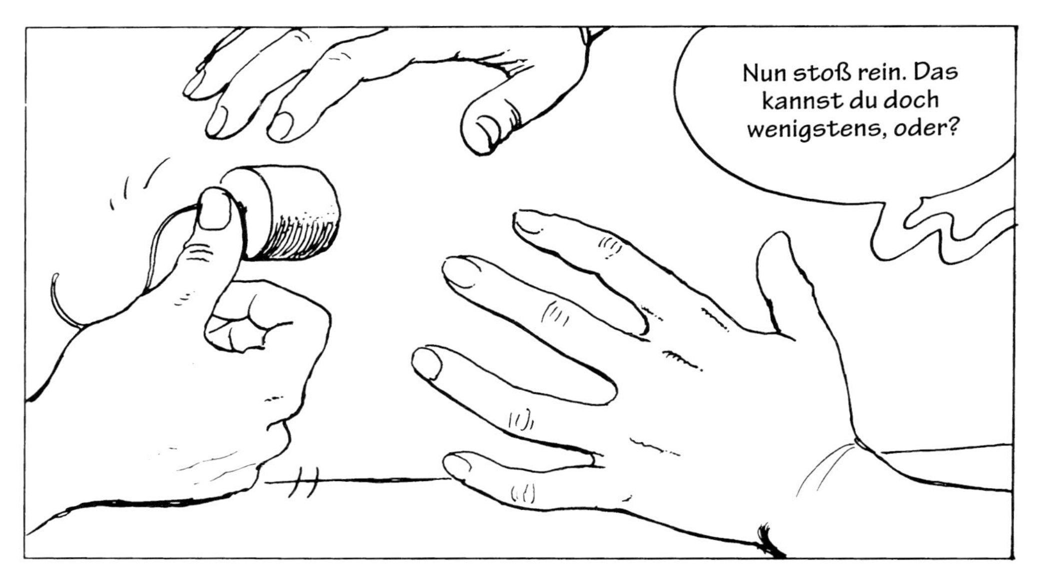
Nun stoß rein. Das kannst du doch wenigstens, oder?

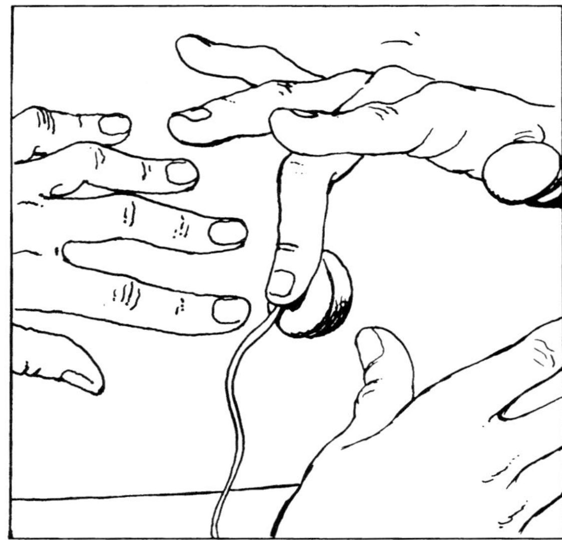

Tiefer, Big Joe, damit sie ihn nicht unterwegs verliert.

Mmhhh...
Mmhhh...

Und später in der Botschaft...

Denk dran, ich will immer die Lunte sehen.

Und vergiß nicht, daß ich das Feuerzeug in der Tasche habe. Mach also keine Dummheiten...

Hallo. Ich soll noch mal durchs Zimmer gehen.
Und ich soll keinen reinlassen.

Wenn sie mir kündigen, ernährst du mich dann?!

Na schön. Aber beeil dich, sie kommen gleich.

Los, geh unter den Tisch. Und daß du ja keinen Ton vor dir gibst!

Und die Hände in die Handschellen. So, erledigt.

Sie her, den Schlüssel habe ich. Nur ich kann dich wieder losbinden.

Und denk an mein Feuerzeug...
Und das funk-tioniert!

Redest du mit dir selber? Du hast nicht zufällig ein Mikro dabei, wie?

Und du suchst nicht zufällig einen Grund, mich abzutatschen, wie?

Sie kommen!
Sie kommen!
Die Botschafter!

Bitte sehr,
Exzellenz, nehmen
Sie Platz.

Vorwärts mit
dem Kaviar!

Ein wenig Kaviar,
Exzellenz?

He, Vorsicht,
junge Frau!
Ooo...
Verzeihung...
Verzeihung...

Ich mache
das schnell
weg!

Jetzt kannst du zappeln... In zehn Sekunden explodierst du.

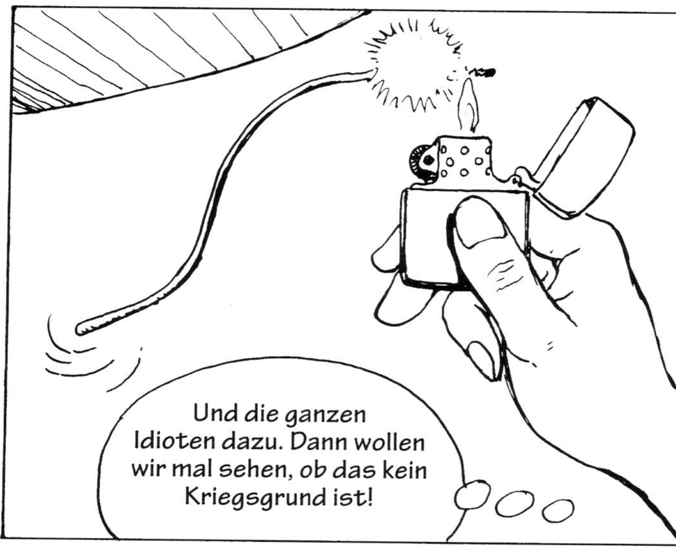
Und die ganzen Idioten dazu. Dann wollen wir mal sehen, ob das kein Kriegsgrund ist!

Pardon, lassen Sie mich durch!

Moment. Wohin so eilig?
Laß mich, du tust mir weh!

Du sollst mich loslassen, du Rüpel!
Warum so aufgeregt? Da steckt doch was dahinter..!

Laß mich, verdammt, ich muß weg!!
Hast du silbernes Besteck geklaut?

Unterm Tisch ist eine Bombe! **Haut ab!**
Sehen Sie nach, Inspektor!

Augenblick, ich muß etwas nachsehen...

Keine Panik... Es besteht keine Gefahr... Da war nichts.

Nur dieses Stück abgebrannte Lunte. Bringt die Frau aufs Kommissariat.

Gegen Morgen irgendwo am Meer...
Ah... Endlich...

Und nun erklären Sie mir, Professor, wie zum Teufel Sie das gemacht haben?
Wie ich Ihnen schon sagte, war ich gestern auch im "Croco-Dance". Ich habe alles beobachtet und auch die Creme gefunden. Ich bin Ihnen unsichtbar zur Botschaft gefolgt und mit Ihnen unter den Tisch gekrochen. Als ich die Pläne dieser Schlange kannte, habe ich ihr den Schlüssel zu den Handschellen gestohlen...

Und mich anschließend befreit...
Ich habe die Lunte abgetrennt, die aus Ihrem... äh, ich habe die Lunte abgetrennt und in der Hand gehalten, als die Frau sie anzündete. Den Rest kennen Sie. Letzten Endes war alles ganz einfach.

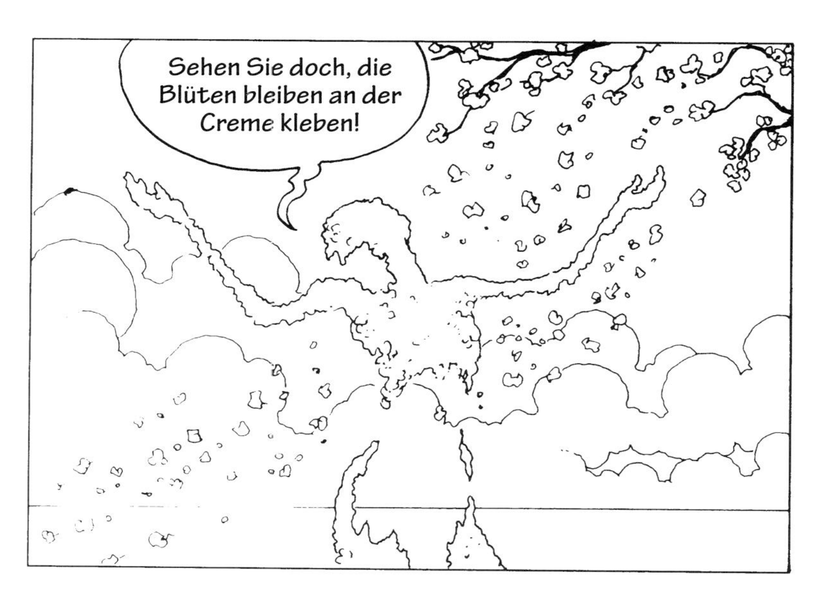
Sehen Sie doch, die Blüten bleiben an der Creme kleben!

Wie hübsch... Und wir können uns sehen... Aber Sie sind ja...
Nun ja... Ich mußte die Lunte mit den\ Zähnen kappen...

Sie sind so süß, Professor... Und ein echter Held! Sie haben den Krieg verhindert!
Ach ja, der Krieg. Aber im Grunde habe ich es nur für dich getan...

Milo Manara

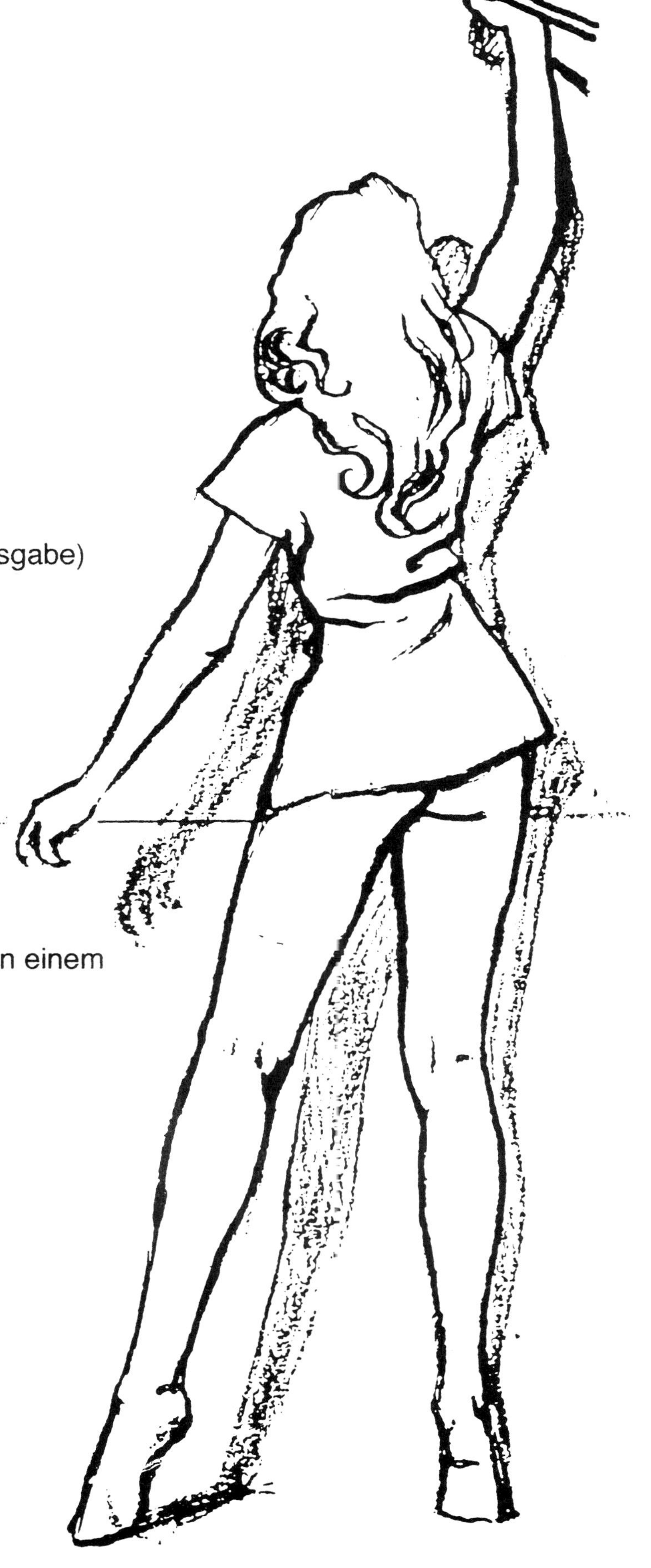

in der EDITION EROTIK:

Außer Kontrolle 1 (Schwarz-Weiß-Ausgabe)
Außer Kontrolle 1 (Farbige Ausgabe)
Außer Kontrolle 2 (Schwarz-Weiß-Ausgabe)
Außer Kontrolle 2 (Farbige Ausgabe)
Außer Kontrolle 3 (Schwarz-Weiß-Ausgabe)
Außer Kontrolle 3 (Farbige Ausgabe)
Der Duft des Unsichtbaren
Der Duft des Unsichtbaren 2
Candid Camera

im VERLAG SCHREIBER & LESER:

Der Affenkönig
Der Schein trügt
Der Sonnenvogel
Der Sonnenvogel (Vorzugsausgabe)
Die Reise nach Tulum (Manara/Fellini, Vorzugsausgabe)
Honey
Mann aus Papier
Venus & Salome
Venus & Salome (Vorzugsausgabe)
El Gaucho (Vorzugsausgabe)

Der Giuseppe-Bergmann-Zyklus:

Das große Abenteuer
Ein Autor sucht 6 Personen
Tag des Zornes
Ein Traum... vielleicht...

Von diesem Zyklus gibt es eine Gesamtausgabe in einem Band.